LA HISTORIA DE LOS PARTIDOS POLÍTICOS

KATHRYN WESGATE
TRADUCIDO POR ROSSANA ZÚÑIGA

Gareth Stevens
PUBLISHING

ENCONTEXTO

Please visit our website, www.garethstevens.com. For a free color catalog of all our high-quality books, call toll free 1-800-542-2595 or fax 1-877-542-2596.

Library of Congress Cataloging-in-Publication Data
Names: Wesgate, Kathryn, author.
Title: La historia de los partidos políticos / Kathryn Wesgate.
Description: New York : Gareth Stevens Publishing, [2021] | Series: Conoce las elecciones de Estados Unidos | Includes bibliographical references and index.
Identifiers: LCCN 2019047924 | ISBN 9781538260531 (library binding) | ISBN 9781538260517 (paperback) | ISBN 9781538260524 (6 Pack)| ISBN 9781538260548 (ebook)
Subjects: LCSH: Political parties—United States—History—Juvenile literature.
Classification: LCC JK2261 .W47 2021 | DDC 324.273--dc23
LC record available at https://lccn.loc.gov/2019047924

First Edition

Published in 2021 by
Gareth Stevens Publishing
111 East 14th Street, Suite 349
New York, NY 10003

Copyright © 2021 Gareth Stevens Publishing

Translator: Rossana Zúñiga
Editor, Spanish: María Cristina Brusca
Editor: Kate Mikoley

Photo credits: Cover, pp. 1 Herbert Gehr/The LIFE Picture Collection/Getty Images; series art kzww/Shutterstock.com; series art (newspaper) MaryValery/Shutterstock.com; p. 5 Andrey_Popov/Shutterstock.com; p. 7 Mark Hayes/Shutterstock.com; p. 9 https://commons.wikimedia.org/wiki/File:Alexander_Hamilton_portrait_by_John_Trumbull_1806.jpg; p. 11 Charles Haire/Shutterstock.com; p. 12 https://en.wikipedia.org/wiki/File:Official_Presidential_portrait_of_Thomas_Jefferson_(by_Rembrandt_Peale,_1800)(cropped).jpg; p. 13 https://commons.wikimedia.org/wiki/File:Gilbert_Stuart_Williamstown_Portrait_of_George_Washington.jpg; p. 15 traveler1116/DigitalVision Vectors/Getty Images; p. 17 https://commons.wikimedia.org/wiki/File:Andrew_jackson_headFXD.jpg; p. 19 MPI/Archive Photos/Getty Images; p. 21 https://commons.wikimedia.org/wiki/File:Martin_Van_Buren_by_Mathew_Brady_c1855-58.jpg; p. 23 Buyenlarge/Archive Photos/Getty Images; p. 25 Popperfoto/Getty Images p. 27 Hill Street Studios/DigitalVision/Getty Images; p. 29 adamkaz/E+/Getty Images.

Printed in the United States of America

Some of the images in this book illustrate individuals who are models. The depictions do not imply actual situations or events.

CPSIA compliance information: Batch #CS20GS: For further information contact Gareth Stevens, New York, New York at 1-800-542-2595.

Find us on 🅕 🅞

CONTENIDO

Las palabras del glosario se muestran en **negrita** la primera vez que aparecen en el texto.

¡A VOTAR!

Estados Unidos tiene hoy un sistema político bipartidista. Esto significa que la mayoría de los votantes votan por uno de los dos partidos políticos más importantes: el Partido Demócrata o el Partido Republicano. Sin embargo, no siempre fue así.

SI QUIERES SABER MÁS

Un partido político es un grupo de personas que tienen ideas y creencias similares sobre el Gobierno. Trabajan para que sus miembros sean elegidos para ocupar cargos en el Gobierno.

VOTE HERE

LOS PRIMEROS PARTIDOS POLÍTICOS

Los partidos políticos de Estados Unidos empezaron a formarse a finales del siglo XVIII, más o menos cuando se escribió la **Constitución de Estados Unidos**. Se instalaba un Gobierno federal; y la gente tenía diferentes ideas sobre cuánto poder debería tener este nuevo Gobierno.

SI QUIERES SABER MÁS

Antes de que la Constitución entrara en efecto, nueve estados tenían que **ratificarla**. Reuniones y conversaciones sobre su confirmación originaron la creación de los primeros partidos políticos.

LOS FEDERALISTAS

Los que estaban a favor de
la Constitución se llamaron
federalistas. Les agradaba la idea
de tener un Gobierno federal
fuerte y con mucho poder.
Pensaban que era importante para
el país estar unidos bajo un solo
Gobierno central.

SI QUIERES SABER MÁS

El Padre Fundador, Alexander Hamilton, fue el líder de los federalistas.

LOS ANTIFEDERALISTAS

Quienes estaban a favor de un Gobierno federal más pequeño eran conocidos como los antifederalistas. Pensaban que la Constitución daba demasiado poder al Gobierno federal; y por eso creían que los estados y las personas no tendrían suficientes derechos.

Bill of Rights

Congreſs OF THE United States,

begun and held at the City of, New York, on
Wednesday, the fourth of March, one thousand and seven hundred and eighty nine.

SI QUIERES SABER MÁS

Los antifederalistas lucharon para que la **Carta de Derechos** se añadiera a la Constitución para dar más derechos a la gente.

UN PRESIDENTE SIN PARTIDO

Por ser el primer presidente, el **término** de George Washington fue diferente a otros en muchos aspectos. Por ejemplo, Washington nunca representó a ningún partido político. Sin embargo, estaba más de acuerdo con los federalistas que con los antifederalistas.

THOMAS
JEFFERSON

SI QUIERES SABER MÁS

El primer **gabinete** de Washington incluyó a Hamilton, así como a Thomas Jefferson, quien era un líder antifederalista.

HACERLO OFICIAL

El Partido Federalista se formó oficialmente en 1791, durante el primer mandato de Washington. El partido **opositor**, formado por Jefferson y James Madison, fue conocido primero como el Partido Republicano. Luego sería reconocido como el Partido Demócrata-Republicano.

JAMES
MADISON

SI QUIERES SABER MÁS

Madison escribió muchos de los **Documentos Federalistas**; sin embargo se separó de los federalistas y, junto con Jefferson, formó el Partido Demócrata-Republicano en 1792.

SEPARACIÓN

Los federalistas tuvieron el poder hasta 1801, cuando Jefferson se convirtió en presidente. El Partido Demócrata-Republicano mantuvo el poder hasta 1825. Luego se separaron y formaron dos grupos, uno de ellos fue el Partido Republicano Nacionalista.

En la década de 1830, los republicanos nacionalistas ayudaron a formar el Partido Liberal.

SI QUIERES SABER MÁS

Andrew Jackson, quien fue presidente en 1829, lideró el partido que se opuso a los republicanos nacionalistas. Fueron conocidos como los demócratas jacksonianos y algunas veces solo demócratas.

LIBERALES Y DEMÓCRATAS

El Partido Liberal se formó oficialmente en 1834. Pensaban que Jackson actuaba más como un monarca que como un presidente. En 1844, el partido de Jackson tomó oficialmente el nombre de Partido Demócrata. Ganaron todo menos las elecciones presidenciales de los años 1828 y 1856.

SI QUIERES SABER MÁS

El Partido Liberal tomó el nombre de un partido político inglés que estaba en contra de que reyes y reinas tuvieran todo el poder. Los liberales le pusieron a Jackson el nombre de "Rey Andrew".

19

CAÍDA DE LOS LIBERALES

En la década de 1850, el Partido Liberal se separó y se crearon nuevos partidos. No toda la gente estaba de acuerdo en permitir la **esclavitud** en las nuevas tierras adquiridas por Estados Unidos. En 1854, se creó el Partido Republicano que incluía a los liberales del norte, quienes estaban en contra de que la esclavitud se extendiera a las nuevas tierras.

MARTIN VAN BUREN

SI QUIERES SABER MÁS

El nuevo Partido Republicano contaba con algunos antiguos demócratas y miembros del Partido Tierra Libre, un pequeño partido que luchaba contra la expansión de la esclavitud y que incluía al expresidente Martin Van Buren.

DOS PARTIDOS SIGUEN ADELANTE

En 1860, los demócratas tenían problemas. Los demócratas del sur pensaban que la esclavitud debía permitirse en todas las áreas o territorios de la nueva tierra. Los demócratas del norte pensaban que la gente del nuevo territorio debería decidir, por sí misma, si la esclavitud podía permitirse.

SI QUIERES SABER MÁS

Los republicanos **nominaron** a Abraham Lincoln para presidente. Los demócratas del norte y del sur nominaron a un **candidato** cada uno. Otro partido también lo hizo. Con los demócratas divididos, Lincoln ganó fácilmente.

23

Después de la elección de Lincoln, quedó muy claro que los demócratas y republicanos eran los partidos políticos más importantes del país, y lo siguen siendo hasta el día de hoy. Sin embargo, desde la elección de Lincoln, ¡ambos partidos han evolucionado a través de los años!

SI QUIERES SABER MÁS

Inmediatamente después de la elección de Lincoln, empezó la **guerra de Secesión** entre los estados del norte, mayormente republicanos, y los del sur, principalmente demócratas.

25

CAMBIOS CONSTANTES

Para mediados del siglo XX, ambos partidos habían pasado por varios cambios importantes que hoy pueden resultar confusos. Por ejemplo, lo que hoy es el Partido Demócrata, se originó en el partido de Jefferson y Madison, que se conocía con el nombre de Partido Republicano.

SI QUIERES SABER MÁS

A pesar de que los Partidos Demócrata
y Republicano son los más importantes
del sistema electoral, también tenemos partidos
políticos más pequeños.

VOTE

Los partidos bajo los nombres "Demócrata" y "Republicano" han existido por cientos de años. Lo que alguna vez se consideró como valor democrático o republicano, hoy puede no ser considerado como parte de las creencias de estos partidos. A medida que pasa el tiempo, es posible que nuestros partidos políticos sigan creciendo y cambiando.

SI QUIERES SABER MÁS

Cuando tengas la edad para votar, es posible que
estos partidos políticos hayan cambiado aún más y
¡hasta podrían existir nuevos partidos!

LÍNEA DEL TIEMPO: PRINCIPALES PARTIDOS POLÍTICOS

1791

Se forma el Partido Federalista.

1792

Se crea el Partido Demócrata-Republicano.

C. 1829

Los demócratas-republicanos empiezan a llamarse demócratas.

1834

Se crea el Partido Liberal.

1844

Los demócratas-republicanos cambian oficialmente su nombre a Partido Demócrata.

1854

Se crea el Partido Republicano.

1860

Lincoln es elegido presidente y los demócratas y republicanos se distinguen como los dos principales partidos del país.

GLOSARIO

candidato: persona que se postula para un puesto en el Gobierno.

Carta de Derechos: las primeras diez Enmiendas de la Constitución de Estados Unidos; y que incluyen promesas de los derechos individuales y las limitaciones a los Gobiernos federales y estatales.

Constitución de Estados Unidos: escrito que establece las leyes fundamentales del país.

Documentos Federalistas: serie de escritos en los periódicos, en la década de 1780, donde reclaman que los votantes apoyen la ratificación de la Constitución de Estados Unidos.

esclavitud: ser dueño de otra persona a quien se le fuerza a trabajar sin pago alguno.

gabinete: grupo de funcionarios designados por el presidente como asesores especiales.

guerra de Secesión: guerra que se libró en Estados Unidos, de 1861 a 1865, entre los estados del norte y los del sur.

nominar: elegir y proponer a alguien para un trabajo o puesto.

opositor: que pelea o compite contra otra persona o grupo.

ratificar: dar una aprobación formal a algo.

término: período de tiempo que una persona puede estar en una posición o puesto en el Gobierno.

PARA MÁS INFORMACIÓN

LIBROS

Bjornlund, Lydia. *Modern Political Parties*. Minneapolis, MN: Core Library, 2017.

Martin, Bobi. *What Are Elections?* New York, NY: Britannica Educational Publishing in association with Rosen Educational Services, 2016.

SITIOS DE INTERNET

Bill of Rights

www.dkfindout.com/us/more-find-out/what-does-politician-do/bill-rights/
Lee más sobre la Carta de Derechos en esta página interactiva de Internet.

US Government: Two-Party System

www.ducksters.com/history/us_government/two-party_system.php
Aprende más sobre el sistema bipartidista de los partidos políticos.

Nota del editor para educadores y padres: nuestro personal especializado ha revisado cuidadosamente estos sitios de Internet para asegurarse de que sean apropiados para los estudiantes. Muchos sitios de Internet cambian con frecuencia, por lo que no podemos garantizar que posteriores contenidos que se suban a esas páginas cumplan con nuestros estándares de calidad y valor educativo. Tengan presente que se debe supervisar cuidadosamente a los estudiantes siempre que tengan acceso a Internet.

ÍNDICE